노을 속에 뜬 별

노을 속에 뜬 별

노을 속에 뜬 별

초판 1쇄 발행   2026년 3월 5일

지은이 | 서비아
만든이 | 이한나
펴낸이 | 이영규
펴낸곳 | 도서출판 그린아이

등록 연월일 | 2003. 12. 02.
등록 번호 | 제2-3893호
주소 | 서울특별시 은평구 녹번로 6-11, 201호
전화 | 02)355-3035   팩스 | 031)965-4679
이메일 | gmh2269@hanmail.net

ISBN 979-11-91376-70-8(03810)

노을 속에 뜬 별

嘉恩 서비아 시집

그린아이

저는 오늘, 한 편의 노을 같은 이야기를 독자분들과 나누고자 합니다. 노을은 저물어가는 하루의 끝을 알리지만, 동시에 내일의 새로운 시작과 희망을 예고한 황홀한 순간입니다. 그 붉고 찬란한 빛 속에서, 때로는 우리가 미처 발견하지 못했던 별처럼 소중한 깨달음과 희망이 피어나기도 합니다.

저는 이 책을 통해 삶의 다양한 순간들을 노을빛에 비추어 보고 싶었습니다. 때로는 지치고 힘들어 모든 것이 끝났다고 느껴지는 순간에도, 혹은 희미한 빛조차 보이지 않는 어둠 속에서도, 우리는 각자의 방식으로 '별'을 찾아내고, 그 빛을 따라 나아갈 수 있습니다. 이 별은 거창한 성공이나 명예가 아닐 수도 있지만, 어쩌면 마음속 깊이 간직했던 작은 용기, 스쳐 지나가는 인연이 준 따뜻한 위로, 혹은 좌절 속에서 피어난 희망의 불씨입니다.

여러분만의 '노을'을 만나고, 그 속에서 빛나는 '별'을 발견하시기를 소망합니다.

이 책이 여러분의 삶에 작은 위로와 꿈이 되어 이루어 주기를 바라며, 독자 여러분들의 여정에 언제나 밝은 별빛이 함께하기를 기원합니다.

노을 속에 뜬 별

嘉恩 서비아

서쪽 하늘
붉은 노을 드리우네
수많은 세월
희미해진 기억들 모아

어둠이 깃든 무렵
문득 홀로 빛나는
가려진 구름 제치고
스며오는 한 줄기 빛

반짝이는 내 어깨
설레는 나의 꿈
숨겨져 온 별
우리 삶 빛내리라.

제2부 따뜻한 뜨락

제3부   허공을 날다

제4부 빛나게 하시네

제5부 감사의 순환

제1부

희망 속에 피어나다

두만강

그 옛날
내 고향땅
푸르른 물도
현재 남의 나라

철책선
연변 연길
조국 숨소리
선구자의 정취

뿌렸네
숨죽이던
독립투사들
어디로 갔을까.

|민조시|

담수물

백두산
가슴앓이
삼팔선 비극
겨레 흘린 눈물.

Fresh water

Baekdusan mountain
heartburn
the 38th parallel tragedy
tears in one's arms.

백두산 연못

산머리
엄위하고
신령하신 주
헤일 수가 없어

측량도
기하학적
장엄한 탄성
산뿌리 흔건히

흰구름
안개 걷혀
영혼들 위한
아름다운 선물.

백두산

천지의 미소
구름이 걷히고
기이하다 묘하다
장엄하다
헤아릴 수 없는
하나님의 솜씨

꿈틀꿈틀 생명체
신기한 곳

백두산 너머 배달의 한
온천수 흘러내려
가슴속 품으며

서파 북파는 남의 나라 된 아픔
동파 내 고향땅 눈앞에서
어른거리며 손짓하는데
깊어가는 내 고향
북녘 하늘 언제 가보나…

그리워 찾아갔네

높고 높은 산 위에
아름다운 비밀의 전설
코발트 담수물 천지지간
감탄 탄성의 울림

기이하다 묘하다
장엄함 연출
천천만만의 헤아릴 수 없는
신비스러운 하나님의 솜씨

마그마 화산암
이국異國에서 바라보는
아, 아픈 노을 백두산.

무궁화

삼천리 반도 강산
아름다운 무궁화꽃
향기 그윽 담긴 꽃

내 나라 방방곡곡마다
평화를 나팔 불며 부르는 꽃

희망찬 꿈의 찬가
풍성한 지혜를 부어

대한민국 담수물
열정적인 꿈 키우며

무궁한 겨레 새 역사
맑은 기운 새롭고 새롭게

금수강산 만만세
생명의 숲 두 팔 벌려
피고 피고 피어난다.

그대의 꿈

나라를 잃어버렸다
이역만리 독립운동가
숨 막혀오는 내 나라

민족 투사 작가 이육사
나라를 말살 창씨개명
고종황제 왕권도 잃고
민족의 뼈아픈 피눈물

절규의 신음소리
17번 옥살이
외마디소리가
가슴을 저미네
마지막 유서 일지

험난한 정의의 길을 택한 자
'육사' 정신 부푼 꿈

당신의 흔적 독립만세
주절주절이 알알 알알이

당신의 목숨
헛되이 되지 않았다.

*시인 이육사에 대한 글.

윤동주 생가

낡은 흙담 먼 옛날
코리아 땅
윤동주 그리워 동포들 방문객
발걸음 이곳까지

내 나라 문인 숨소리
잘 정돈된 마을과 집
넓은 정원 돌담에
새겨 넣은 윤동주 시 즐비하게
고요한 숨결 움츠린 글

날개가 되어 날아
밤이면 하늘을 우러러보던 소년은
별을 노래하는 맘으로
내 나라에 눈처럼 내려앉고

낙엽 한 장
"부끄럽지 않기 위해"
스스로를 돌아보는
바람의 발자국

혈연은 오간 데 없네
병탄倂呑 별만이 침묵한다.

광복 光復

짓밟힌 무궁화
삼천리 금수강산
검은 우주 나침판
깃발은 흔들리지 않았다

살기 좋았던 터전
하늘도 울었다

꽃이 꽃답게 웃었다
땅도 진동하며 활짝 웃었다

초록 잎도 토해내면서
세계 속에 알리고 찾았다.

광복절 光復節

아아, 하늘이시여
눈 막고 귀 막고
벙어리 된 삶 속 긴긴 터널

외치었노라 찾았노라
고장난 하늘
쪼그라들었다가 펼쳐진 들판

달 밝은 맑은 하늘
새들 노랫소리가 들려온다
환희에 찬 숨소리 활짝 피었다

흐르지 못한 시냇물
빼앗긴 들 모진 고통
뻥 트인 상큼한 바람 일어

내 나라 내 조국 다시
날개를 달았다 날개를.

건국절 建國節

짓밟힌 내 나라
방향을 잃었다
어디로 갈까 어디로 갈까

고장난 하늘
어디 다시 만져보자
쪼그라들었다가 펼쳐진 숨소리
아아, 새 노랫소리가 들려온다

활짝 핀 꽃들이 보인다
맑고 시원한 계곡물소리
졸졸졸 흘러가고 있었구나

수탈당한 모진 고통
이제는 벗어났네
무궁화꽃이 흔들리면서 피었다

어디 다시 만져보자 나의 조국땅
새날이 밝아오고 날개를 펼치면서
드높이며 솟아올랐다

승리의 함성
온 세계 속에 펄럭이는
깃발 흔들며 피웠다

내 나라 내 고향땅
새롭게 새롭게
곱게 곱게 세워졌다

대한독립만세! 만세!
우남 이승만 대통령 만세!
건국대통령 만세 만세!

"아,아~ 대한민국,
 아,아~ 우리 조국,
 아,아~ 영원토록 사랑하리라"

6.25 (1)

쏟아지는 장마
들풀도 시름시름
쉬어가는 뙤약볕
쏟아지는 총부리

흩어지는 조국산천
붙잡다 붙잡다

젊음 사르고 나라 위해
밑거름 승화되었네.

6.25 장벽

어리디어린 나이들
다 피어내지 못한 꽃들이

어느 날 밀려오는 붉은 깃발
이웃 형에게 붙들리어 갑자기
영문도 모르는 빨갱이로 징집
부모님 형제 지인 서로 피아彼我 상태
총부리를 겨누게 된 탈춤

아아, 목숨까지도
아끼지 않는 이념
독초로 자라 희생된 꽃들이여

같은 민족끼리
뒤범벅이 된 아비규환
겨레의 가슴에 못질

푸른 초목 영혼들에 숨결
어제도 오늘도 내일도
나누어진 철책선
무너질 그날은 올 것이다.

잃어버린 외가

구름도 쉬어가는
유월의 향기

6.25 힘겨운 역경에 휘몰이
천사처럼 여린 가엾은 얼굴

착한 심향 붉은 무리들에게
매를 맞고 골병들어
매형은 경찰이라고
공개 처형당하고
외삼촌은 함께 있었다고
가혹한 매질
매독이 퍼져 3일 만에
3대 독자 이슬로 사라지다

내가 태어나기 전
외삼촌은 어린 소년
이름 석 자 묘지도 없다
핏줄 하나 남기지 못한

3대 독자
저 붉은 무리들에게 짓밟히어
이씨 가문 대를 거둬 냈다

얼굴도 모르는 외조부모님
두 분 멍든 가슴
시름시름 화병이 되어
젊은 날 두 분 영면하시다

잃어버린 친정집
어머니 눈물 훔칠 때
종달새 휘젓는
신록의 6월 멍울진 나라
빗물 눈물
장미꽃잎이 떨어지던 날
같이 우시다.

기아 飢餓

6.25전쟁 직후 태어났다
초등학교 입학
절대적인 빈곤

아침마다 조례 시간
보건체조 하기
운동장 강단 선생님께서

아침 먹지 못한
학생 손들어봐요
어제 저녁도 못 먹은
학생 손들어봐요

그 시절 있었다
점심 도시락
못 싸온 학생들 위해
미국의 원조 강냉이죽

학교 주방
바케쓰에 담아
당번들이 들고 온다

코흘리개 어린 학생들
일본말 잔재 언어
벤또 들고 줄 서기
담아 퍼주기

그 시절은 먹고
더 먹고 싶은 추억
옆짝 친구와 난 간혹
죽이 먹고 싶어
밥하고 나눠 먹었던
잊혀가는 추억.

통곡痛哭의 노래

서글픈 바람
가슴 한구석을 헤집어 놓으니
어찌 이리도 한심한 세월인가

피땀으로 일군 터전이 모래성처럼 허물어진다
붉은 그림자 소리 없이 스며들어
강산의 뿌리마저 갉아먹고 있구나

주인이다 한 이들은
이 혹한 추위 어디로 가는가
기울어가는 국운 앞에 타들어가는 심장
두 눈을 시퍼렇게 뜨고도
빼앗기는 줄 모르는 잠든 영혼들아

교묘한 혀끝에 나라의 운명이 휘청이고
전복되는 파도 소리 발밑까지 차오른다

아, 통곡하여도 모자랄 이 시대여
무너진 정의와 가려진 진실 앞에

민초들 횃불 들고 일어선
무거운 함성 소리

어둠 그림자 안된다
희생하겠다고
불 밝히는 희망의 징검다리
거리로 나선 이들이여
당신들의 헌신獻身은 꼭 불 밝힌다.

추억이 서린 역

국방의 의무 새로운 길
연무대 기차역은
빛나는 별들이 수를 놓은 곳

낯선 길
나라를 위한 초조함 늠름함
새로운 씨앗

굴리며 매달리며 달리고 뜀박질
자랑스럽도다 대한의 아들들아
자리매김 자대 배치로 떠나는
든든하고 고맙고 감사하고
멋진 국군 아저씨들…

따뜻한 뜨락

출근길

미명未明 혹한 추위
설익은 잠 하품에 날리며
한정된 일과를 향해
종종걸음 재촉한다

지하철역 구석진 곳
따뜻한 캔커피 움켜쥐고
마른 빵 한 조각 꾸역꾸역 밀어 넣는
어느 샐러리맨의 뒷모습

열차는 쉼 없이 달려오고
땡그랑땡그랑 멜로디에
고단한 몸 구기듯 밀어 넣는다

콩나물시루 속
이리저리 밀려가는 삶의 무게
인생의 별 끌려 다니는 굴레

차가운 손잡이
서려 있는 타인의 온기를 잡으며
오늘도 마음속 깊은 곳
희망 씨앗 심는다.

전철 손잡이

우르르르 밀려오는
파도소리가 요란하다
고달픈 몸

간절한 구호요청 손잡이
붙잡히던 손은
목적지마다 냉정한 자리
고맙다는 말 애당초
생각조차 안 했지만

휙, 버려진 허탈감
너도나도 한가로움
휴식 취하면서
전동차 움직임 따라
몸풀기 춤을 추며
보람된 하루 일과를 접는다.

저기 저기 빈 의자

내 삶에 반때를 넘었다
고희가 된 나이
운동 후
다음 날 야유회까지
잘 사용된 내 몸체
집으로 갈 무렵부터
왼쪽 무릎
다리가 무거워지면서

다음 날부터 몹시 아파
병원 다니기를 밥 먹듯이
건강식품 및 약 먹기
바빠지는 입안

집에만 있을 수가 없어서
가벼운 나들이
조밀조밀 발걸음은
엘리베이터 에스컬레이터만 찾는 유혹

힘겨운 버스 전철
앉을자리만 찾는
내 동공은 바빠진다
경로석과 임산부 빈자리

유혹하는 맘 어느 자리에 앉을까
베이비붐 시대에 태어나
노을이 되어가는
어르신들 많고

임산부 만나기 힘든 현실
내 나라 앞날이
걱정 안 될 수가 없다

갈등이 온다 노인석 보고
임산부석 앉는 편이 낫겠지
워낙 임부들이 안 보이니.

중독성

더운 여름날
냉방이 잘되는 전철 안
다음 정거장
중학생쯤 보이는
청소년들이
우르르 13명 정도
올라탄다

동시다발 13명 모두 다
휴대폰 속 가상 게임
병든 문화 병든 사고
그들만의 세계 속
게임 대화가 오간다
날렵한 손놀림

바른생활, 도덕, 윤리,
인성과목 오래전 유물이 되고
인성교육 배울 길 없는 사회
인권만 강조하는 세상
걱정이 아니 될 수 없다.

오늘도

따뜻한 미소
주위 사람들에게
사랑이 핑퐁 되어

기쁨의 미소 바이러스
마구마구 퍼져나가라
보석으로

서로서로 다독이며
온 세상 덮어라
행복한 길잡이 되게 하소서.

단정하게 살아가라

펄펄 하얀색으로
보드랍고 순결하게
맑은 물결
술 취하지 말며

음란과 호색하지 말며
쟁투 시기 질투
더러움 닮지 말고

너울너울
하얀색으로 깨끗이 살아가라.

맨드라미

지워지지 않은 그리움
물결치는 심장 박동

쫑긋거리는
가을 하늘 아래
화려하게 피어나는
뜨거운 불꽃놀이 사랑.

Mandrami

An indelible longing
a rippling heartbeat

raspy
under the autumn sky
splendidly blooming
a love of hot fireworks.

가을햇살

햇살이 거닌다
생명체들과
가을빛 향기에
몸을 섞어 가을노래를
귀뚜라미 가사를 읊을 때

빛을 따라 숨을 쉬며
영육이 살찌우는
탐스런 보석들 북적이며
해맑게 웃는 코스모스 구절초

여름 내내 비지땀
주렁주렁 영글어
열매 맺는 길이었나 보다.

가을앓이

추적추적 가을
독려하는 비
물꼬를 만들며

흐느끼며
익어가는 곡식 열매
바스락 스르르륵
풍성한 열매

누렇게 뜬 낙엽송이는
그늘 밑에 그윽이
가을의 쓸쓸함 그려놓았네.

가을 창가에 찻잔

왠지 손 끝만 닿아도
바스러질 낙엽이 한 장 한 장
쌓여가는 이 계절엔

미련은 없는 거야
후회도 하지 말고

내 안에서 들끓었던 열정을
용암처럼 토해내면서
간지럽게 눈 내리는 계절도
기대하는 거지…

추석을 앞두고

햇과일 햇곡식
시장거리에 눈부신 햇살
주님이 빚어놓으신
가을 솜씨 비추이며

늦여름 여러 모양
장마 태풍 멀리멀리 가고
강력한 섬광에
두둥실 구름이 걷히니

왠지
이 나라 안녕과 평안이
개개인의 축복이 되며
행복과 기쁨 안길 것 같은
벅찬 희망을 펼쳐 보이는
포근한 추석맞이

하나님의 솜씨
자비와 은혜, 지혜 지식 온몸에 받아
풍성한 첫 열매 감사드리며
주님의 마음 뿜어져 나타내네…

나들이

가을 낙엽
옷매무새하고
낮은 바람 소리에도
우수수
바닥에 장판 깔고 있네.

Trip

Fall foliage clothes
like a musket
Even in the low wind
an excellent number
it's on the floor.

서녘길

둘레길 따라
빙빙 걷는다

먼발치 태양
피곤이 역력한
붉은 얼굴

호수 위에 윤슬
반짝반짝
피아노 건반 두드리듯
출렁대며 드러누워 있다.

11월 기도 모은 손

서쪽 하늘 붉은 노을
나뭇가지 걸터앉아
가을 숨을 길게 들이킨다

세차게 바람 부는 날
가을 풍광 어이 보내리
억겁이 교차점 지팡이 붙잡고

포근하게 눈 내리는
그리움 옷 입고
기다림에 대한 희망
겨울밤 산사에 입동 종소리.

겨울산 경치

찬바람
뼛속 깊이 아려오네
오락가락 싸리 눈발
바람 따라 휘날리며

푹푹 쌓여 있는 솜털
노을진 흐린 눈
밤하늘 가로수에 걸쳐
학춤을 춘다

기상변화
남산의 목화솜
바람에 날리우면
아, 신비스러워라
나무들이
소금기둥 되어 있네.

아름다운 삶

반짝이는 뜨락
햇살이 부시어 오는
미래도약

새 희망찬 소리
봄이 온다는 것은
추운 겨울 없이
맞이할 수 없다

솔로몬 왕, 모든 부귀영화
좋은 환경 지혜 명철
다 누려봐도 헛되다고 했다

감사와 사랑 없는 삶
적막강산 모든 것이 헛된 삶

우분투Ubuntu
네가 있어 행복하고
나는 더욱 행복하고

좋은 일 도모하며
찬란한 대망 떠오르면
나누며 누리는 삶
감사기도 올릴 수 있고
예배드린다는 것은
큰 보배이고 축복이 아닌가.

열쇠

값지다 생각되는 것
분명하게 열쇠가 있다
굳게 잠근 문을 향해

조심스레 밀어보는
작은 쇠붙이 거의 떠났다

녹슨 시간의 흔적 쓰다듬고
잊힌 기억 틈새를 찾아
이제는 꾹꾹 암호 버튼키

암호키는 두뇌가 필요한 날
암호 잃어버린 날
숨겨진 생각 돌출되기를
창피하다 나이를 먹더니

열쇠키 휴대
오래전 약속의 맹세
버튼키 나오기 전 어린이들

목걸이 어딘가 외로움 묻어 있다

열쇠는 끝이 아닌
새로운 희망 시작이다.

허공을 날다

제주도 또 다른 섬

아주 먼 옛날 태곳적부터
우리나라 끝자락 남단
추자도 그대를 만났네

우아하고 신선한 절경
내 나라 구석구석
수천 년 숨결
우아하고 매력이 넘치는
자랑거리는 윤슬의 밤
등대지기 흐놀림
영롱한 밤 둘레길,
나바론, 돈대산, 트레킹,
꿈의 도시 신비스런 섬

확 트인 지평선
꼬물꼬물 별 사랑 이야기
바스락거리는 파도
이 또한 이 밤도
지나가는 좋은 추억
새 희망 불 밝혔네.

추자도 등대

큰 물결 설레는
고요한 바다
섬광 속에 노을이
연주를 한다

외로운 곳 침묵일관
파도 소리만 '철썩'

영혼의 혼신이여
옹송그리지 말고
인도함 이끌리어
흔들리지 않은 믿음 등불
어두운 세상 지킴이 되자.

서녁놀 돈대산

설익은 봄
철 지난 억새풀
머리결은 호호백발
퇴색된 가지 끝에
바람소리 사브작
신의 손길
돈대산에 오른다

가파른 오솔길
서서히 햇살 속
십자가 보혈의 피
해발 164 정상에서

널따란 지평선 주님의 솜씨
광대하여라 천지창조
감격한 심장박동
수선을 피운다

하룻길 바람에 실려온
서녘놀 조각구름
해님과 부둥켜안고
즐기는 밀애

뜨거운 불길
출렁이는 숨결
별들의 찬양
내 모든 죄 사함받고
동행하니
그 어디나 사랑의 연가.

나바론 연가戀歌

아찔한 절벽 비현실적 풍광
널따란 지평선
철썩거리는 바이올린 연주
참람하고 가관이네

나바론아
멋있다! 신비스럽다!
멍하니 바라다보네
감탄하면서…

광활한 에메랄드
천상에서 견우와 직녀
실려오는 사랑
바위와 부딪히며
러브스토리 새겨놓고

질투가 나는 햇살
늘 가파른 절벽
등반하며 무섭다 말하지

집 떠나온 나그네길
"구름에 달 가듯이"
나바론, 사랑의 노래
한 자락 읊으며 떠나가네.

에바다공원

깨끗하고 정결한
눈이 시리도록
순결하신 주님 사랑

조요한 쉼터 공간 내어주고
문인목사
주님 올가미 덫에 빠져

등대지기
꿋꿋한 흔적
주야장천 이모저모
주님과 나누는 사랑
안 미친 곳 전혀 없네

잡초 하나 모진 자리
흔들리지 않는
믿음 뿌리
문학인 글 보듬은

따스한 해와 달 별
어두운 영혼들
함께 나누고자

주님나라 평안한 길
부활신앙 복받쳐
영생의 길 얻게 한다.

그리움 물들이고

산 좋고 물 좋고
실개천이 흐르는
아늑한 자연 숲속에

봄꽃을 피워내던 날
화사한 쉴만한물가작가회
꿈을 싣고서
꽃을 피운 시화전

물결치다
먼 길 따라 영동문학기행
박상하 시인님 머무는
그곳에 취해본다

작가님들 마음마다
봄이 내려와
밝게 피어난 자리
상가리 장독대
산새들 맑은 마음

뒤편에 아쉬움 두고

고운 바람 스치며
비상 기운 생명의 힘
따스한 쉴만한물가
영동지회 시인의 집.

오월의 두물머리

만삭이 된 달밤
노래하는 실크로드
꽃잎은 나풀나풀

어머니 숨결 같은
물결 안겨본다

병풍처럼 펼쳐진
이태백이 술 한잔
말동무하면서

남과 북 팔짱을 낀
심신이 서린 정겨움
해후에 자드락 산맥 줄기
깊은 잠결 속에 전설을 싣고

반짝거리는 윤슬
어우러진 진수성찬
한아름 싣고 긴 여행길.

돌아오는 인천항

땅거미 지치며
먼 거리 석양길
나른해진 술 한잔
조각구름 안주 삼고

솜털구름 사잇길
얼큰해진 해님

서녘놀
돌아오는 길
뱃머리 선착장 나비춤
휘감도는 바다 물결

기울어지는 석양
떠나가는 윤슬 조각배
유영하는 등대지기.

안압지

새털구름 높이 날며
청수한 역사
영혼의 흔적 꽃피운 숨결

신라의 찬란한
화랑도 정신 흔들며 피웠다

삼국 통일 문무왕 14년
674년도 완성되어
연줄에 둘러싸인 3섬

석초 호안 불교의 심취
별들도 노래하며
달님 목욕하던

번성하던 통일신라
연못 속에 숱한 역사가
반짝반짝인다.

우포늪 호숫가

10월의 청명한 하늘
하얀 구름 둥실둥실
고요하고 잔잔한 심장

가을 장맛비 사라지면서
바빠진 단풍 물들이기
쉴만한물가 작가님들
쏟아내는 즐거움

푸른 솔밭에 그림자
시간이 멈춘 드넓은 호숫가
물밑에 잠든 생태계의
이끼 낀 비밀
천연기념물 따오기 침묵 일관.

청라언덕

상록수처럼 푸르게
선교사님들 헌신 맑은 호수

기도 끈
작은 나라 밑거름
어둠 슬픔 눈물의 기도
담쟁이덩굴 사랑으로 피어

밤하늘에 보석
희망을 안겨주며
흔적의 메아리
향기로운 종탑으로 승화되었네.

제4부

빛나게 하시네

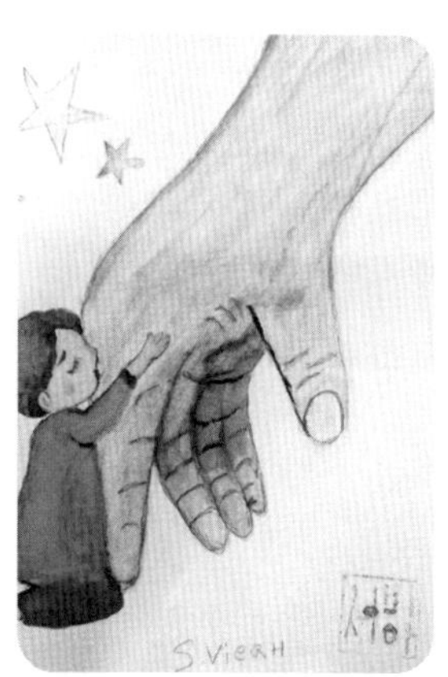

빛나게 하시네

나의 빛이 아닌
주님의 빛으로
나를 덮었던 어두움
새롭게, 눈부시게,
빛나게 하시네

진흙으로 빚은 내 모습
그대로 두지 않으시고
당신의 유약으로 입히시어

세상에서 흔적
새로이 아름답게
우아하게 빛나게 하시네.

사랑의 깃발

여호와
인자하심
하늘의 보좌
진실하심이여

천국은
주님 보좌
살피신 모습
그리움 되어서

따스한
품 안에서
행복한 사랑
빛나게 하시네.

의자왕 핏줄, 부여 서씨

한 줄기 생명
서로 다른 길을 걸어왔으나
백제의 뿌리로 이어진
혈손의 고리

씨앗은 퍼져 나가
마침내 하나의 등불 되어
역사의 숨결 다시 살아난다

조상의 얼을 모신 마음
고요한 숨소리가 깃든
이곳 백제의 터전에서

슬픔은 기쁨이 되고
서로를 격려하며
안식이 되어 주는 시온 성

내 나라 뿌리
세계 속에 펼쳐지는 기쁨

등불을 들고
자녀들에게 맥을 이어내는
백제의 줄기가

살맛나는 세상을 밝히며
형제자매 종원 여러분
이 만남이 기쁨이 되어
박수의 소리 끊이지 않는
빛을 내는 쉼터일세.

나의 부친父親

그래도 그 옛날에는
가문 있는 집이라 했나

옛날 옛날 양반은
충청도라 했나
재산은 만석꾼 못 되는 가문이었다

큰 아버님
종가 집안에서 장남 성품이
아버님과 대조적인 바로 밑 동생

큰 아버님 종가 재산 탕진
한량 인생
내 부친은 가문 망신이다

타지 생활
경제는 경자도
모르시고 농사도
할 줄 모르시나니

한학만 하신 나의 부친
세상 떠나시는 날까지
책 속에서만 사시다가 가신 분

처자식 산중턱보다
높은 보리고개
난 철없을 때 아버님 미워요

고행길 넘나들어
오늘날
나 역시 여기까지 와 있네요
DNA흐름인가요.

어머니가 자부에게

웃음꽃이여…
나의 말과 표정도
마음속에 흐르는 심장
이것은… 뜨거운 가족사랑이랍니다

어머니가
자부들에게 보여준 믿음은
말뿐인 부모의 사랑이 아니라
삶으로 증명한…
뜨거운 사랑이었어라

당신들의 진실한 마음
생활 속에 배어 있는 따뜻한 손길
삶 속에서 힘이 되는 그 사랑

내게는, 당신들이
귀하고 소중한… 보배입니다

당신들의 신앙
주님께 감화된 그 믿음처럼
못난 엄니 사랑에도
감전되기를… 바랍니다

당신들에게
행복이었으면 좋겠습니다
나와 함께 믿음 키우고
나와 함께 희망을 키우며

서로 삶 속에 동반자가 되어
가족이 된다는 것—그 자체가
미래를 위한 사랑이며…
세상과 가정의
행복한 지름길이라 생각합니다.

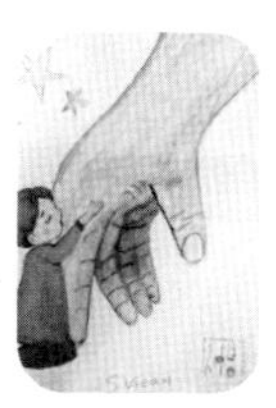

사모곡 (2)

한 허리쯤
곱게 둘러친 모시적삼
고운 손 흐름에 얹고
옹이 박힌 까칠한 손

도닥도닥 고이고이
바르게만 자라라
기대하시던 어머니

철없던 자식들
채워주지 못한
가슴앓이 뒤돌아서서
눈물 훔치시던 어머니

지극정성 정안수
기도하시던 어머니
주름진 석양 노을
흘러가는 물결 따라
떠나가신 빈자리

초가지붕 호롱불 밑에서
애틋하고 따스한 냄새
그리움을 깁는다.

어머님의 단상
−친정어머니

사랑나무 가지
못다 한 정
꽃은 피고 종달새도
노래 부르는데

따스한 양지바른
봄볕은 오고 오는데

팍팍한 살림살이
이생의 괴롬 슬픔
돌담길 지나

영롱한 빛
무지개 향기 되어
본향의 집
하늘나라 안치하셨네.

*친정어머니의 비문(묘비에 쓴 글).

묘, 이장하는 날

하늘은 감미롭고
풀잎들은 아침 이슬로 세안하고
산새들은 봄소풍
노랫가락 짹짹짹

개울 물가에
문풍지 사이로
얼비친 그리움
가슴속 저며오며

춘 하 추 동 이불 삼고
헤일 수 없는 지난 세월
얼마큼 흘러 흘러갔을까

벗어버린 살점
앙상한 뼈
삼베에 싸인 슬슬한 봉례봉

양지바른 선산先山
널따랗고 널따란 터전

어려운 나라 이생의 고난
가슴앓이 벗으시고

흔한 정 감사 감사하다
정 나눌 겨를도 없이
투정만 부린 불효자 두고

급한 걸음
세모시 적삼 한 벌 입으시고
여식 못다 한 정
가슴이 아려옵니다
얼굴 가리고 우옵니다.

*친정어머니의 묘 이장.

그리움 되어

푸르고 푸른
낙엽이 되어
빗물 따라
한잎 두잎 잔잔한 바람

당신의
길모퉁이
거느리는 식솔
형제자매 지인들
남겨놓으시고
빠른 발걸음 되어

가을 찻잔 문전에서
흔적 없이
사위어 간 한 사람
허공 속 서린 발자취
보일 듯 말 듯 산길 속

홀로서 머나먼 본향
이제 온갖 산고통
훌훌 내려놓으시고

하늘 가는 밝은 길
낮빛보다도 밝은 길
한 줌의 재가 되어
영원한 본향 천국
주님 날개 밑에
편안한 안식 누리소서.

*친정 둘째 오라버니 보내고 쓴 글.

본향으로

밝은 곳 인도 따라
등불 밝히며 떠났습니다

이 땅 괴롬 슬픔 아픔
저버리고
평화로운 곳으로
자녀 형제 남은 지인들 두고
빈 배 타고 떠났습니다

한평생을
주님 붙드시더니
본향 별이 되어

십자가 그늘 밑에
내려놓으시고 공수거空手去
주 날개 밑에 평안한 안식
미련 없이 쉼 하러 떠나갔습니다.

*친정 언니 오빠, 본향으로 보내드리고 쓴 글.

큰아버님 묘비墓碑

충청도 서씨 가문 문중
종가 장손으로 내려오는
화려한 인생

가문의 대를 잇지 못한
가슴 언저리

뒤늦게 자손 번창
세상 떠나실 날 다가오네

보배롭고 존귀한 자녀들
눈 감지 못하겠네

자녀들 황망하여라
잇댄 동산
하늘이 굽어살피사

백부님 백모님 자녀들
출중하게 잘 크고

총명하여라 자손만대
빛낼 후손들이여.

*큰아버님 묘의 비문.

그리운 향기
―친정 고모님 그리며

당신을 향한
그리움에 산천
당신의 숨소리
메아리가 되어

이 땅 위에
보여준 모습
업적이 떠오릅니다

아끼고 아끼시어
헌 옷가지
손수 꿰매 입으신
희미한 옛 정취

텅 빈 의자
남겨놓으신 유물
어찌 떠날 수 있었을까

피붙이 조카들
은빛 쟁반 위에
옥구슬 꽃 피우게 하네.

*친정 고모님 묘의 비문.

치유의 손 서중근 박사

명의 손 아름다운 사랑
멋지다 귀하다 신비로운 손

영혼의 혼신 한 땀 한 땀
척추질환 환자
그 얼굴 빛나는 내면 치료의 하나님
기도하시는 손 신과 함께하네

수술 환자를 만지시며
어떤 환자를 만나도
치료제 회복되는 생명 소리

의술을 베풀고 고치시니
온 세상 비추니
그 이름 크도다 놀랍다

기도하며 노래가 되고
오로지 하나님이 만지시니
치료하는 것은
내가 한 것은 하나도 없도다
놀랍고 놀라운 봉사자 위로자
겸손하시다 주님만 높이시네.

*친척 오라버니에게 쓴 글.

예수님 햇살

봄바람 타고
희망이 솟구쳐 날아온
당신 사랑의 꿈

해맑은 미소 소생하는
생명체들이
주님 햇살 찬양하며
잔잔한 숨결 스며오는
빛나는 향기가
창공을 드높이네.

-제5부-

감사의 순환

새벽빛 교회

생명의 빛이
피어나는 축복의 동산
피값으로 사신 교회

미명부터 주님과 함께
성령 불 밝힌다

얼어붙은 심령들에게
내 반석을 치라
길 찾아 나서게 하신 사명자 선교사님

횃불 밝히는 예수님께서
머리 되시고
너희는 그의 가지라
성령의 아홉 가지 열매

시온성 방주가
새 생명 양산 시키는
주옥같은 단비
주룩주룩 향기 가득한
나침판 된 길잡이 새벽빛 교회.   *캄보디아 교회 벽보에 써 있음.

9월

행복하여라
주님을 경외하고
그분의 계명들
큰 즐거움을 삼는 이

그의 후손은
땅에서 융성하고
올곧은 이들의 세대는
복을 받으리라.

부와 재물이
그의 집에 있고
그의 의로움은
길이 존속하리라.

−시편 112:4
"올곧은
이들에게는
어둠 속에서
빛이 솟으리라"

감사기도 드리는 달

11월은 오른손 왼손
합장한 기도 손
모은 손 닮았어라
아름다운 대자연
보배로운 문전

만추滿秋 향기 진동하다
가을걷이 수확의 찬사
하나님께 예배드리고

결실의 풍성함
서로서로 은혜 베풀고
미래의 꿈 희망 잔치

추수 감사하자 찬양하자
우리 주님 모신 임마누엘.

영혼의 삶

나의 심장 속에
비가 오면, 장담해
주님의 손을 잡으세요
영혼의 빛
꽃이 피어납니다.

The life of the soul

in my heart
When it rains, I bet
Hold the Lord's hand
the light of the soul
It's blooming.

나는 누구인가?

나는 죄인
대속하신 죄
주님 앞에
참회할 수밖에 없는
쓴 뿌리

당신 앞에 서면
영원한 초등 학문
작아지는 어린아이

나 때문에 흘리신
보혈의 눈물
응원하는 희망 등대
흔적으로 피어 올렸네.

십자가 사랑

광야 같은 긴 밤
외로운 등대
매섭고 얼룩진 세상
짐승의 먹이사슬
낮고 낮춘 '제물'

결박당한 죄인들
힐문과 채찍질
이 한몸 던져야 살리라

짓밟힌 죄사슬
풀어 주어야 살리
억눌림에 장해물
광명한 빛 기쁜 소식

참 기쁨
가벼운 걸음걸음
천국 잔치

생명가루 휘날리는
복음의 씨앗 날리다.

엠마오로 가는 길

우리 곁 떠나고
막달라 마리아
부활하신 예수님 만난 여인

영적 소경 제자들
부활 장소 찾아가
만나지 못한 허탈감

돌아가는 길
부활하신 예수님
주고받는 일 무엇이냐

슬픈 제자들
더디 믿는 자들이여
저희들과 같이 유하소서
유하시면 축사하사

그때 영안 문 열렸네
밝아졌네 뜨거웠던 맘
주님 모습 보이네
복받쳐오는 눈물…

엘로의 힘

속삭이는 밤하늘
북두칠성 반짝이는 뜨락
달빛이 영그네

풀잎마다 더 고운
평온한 이 아침

여름날 에이며
햇살 부신 성령님 운집

아름다운 소망
은혜 나라 샘물이 되어
흘러넘칩니다.

부활의 기쁨

푸르고 푸른 나날
하늘도 찬양하네
해와 달 별들도 찬양
새털구름도 찬양
새들도 여기저기서 찬양
어여쁜 꽃들도 찬양하네

바다와 파도도 찬양
어족들도 찬양
모든 짐승 가축들도 찬양
각종 들풀 미생물들도 찬양하네

시냇물도 찬양
나뭇가지 위에 걸터앉은
봄바람도 찬양하네
교회 종탑도 찬양 찬양

온 천지만물들아
마귀 소멸 찬양

어린아이들도 찬양
세계만방 인생들아
우린 더욱 더 크게
찬양 찬양하자

삼라만상 모든 만물들아
다 찬양 경배드릴지어다.

선물

함박눈
온맘 다해 선물 되어

십자가 매달리시려고
나를 위한 맑은 꽃
몸 바치신 그 이름

나는 빚진 자
무엇으로 보답을 하나

늘 이리 갈까 저리 갈까
진자리 마른자리
밤낮으로 주무시지 않으시고

똑바른 걸음걸이
걸을 수 있게 붙잡으시며
죄 용서하사
따스한 정 두 손 벌려

믿음으로
구원 은혜의 선물
내 행위가 아니라
온전하신 주님 은혜로
나를 구하시려
큰 보배함 천국열쇠 주셨네.

쉴만한물가교회

섬나라 필리핀
쉴만한물가교회 설립 1주년

어둠이 내려오네
어린 영혼들 장년
꾸역꾸역 오네
구름 떼처럼 오네
벌 떼처럼 오네

이 벅찬 마음
눈물 훔치며
전야제 행사 마치고
문지방 입구에 서서
한국에서 온 목사 교사

아이들과 함께 오신
어르신들
창틀 붙들고
내민 얼굴 어르신 몇 명

예배 끝날 때까지 문 밖에 서서
기다리고 계신다
샘물이 흐르도록

저 영혼들에게
희망의 등대지기
웃음과 복된 소식

황무한 이 땅 주님 보시고
말씀과 복음 혼돈 없는 진리
믿음이 충만한 참된 교회

시온성 반석 위에
이루소서 성령이시여
넘치도록 채워주소서.

영혼들 찾아서

좁다란 오솔길
향기 피우려고 찾아서 간다

군데군데 질퍽질퍽
신발 진흙탕 점벙점벙
바짓가랑 흙탕물

마약이 판을 치고
아픔이 서린 곳
길을 잃고 헤매는
기아 상태

망고나무 그늘 밑
교회 건물 없어도
말씀 듣고 찬양하고

남녀노소 영혼들에게
떡과 복음이 필요합니다
캄보디아 롱키 지역

옹기종기 모여 기도하면
사랑 끈으로 묶습니다

꿈과 희망 옷자락
성령의 불 임하소서
건물이 없어도
이 땅에도 오신 예수님
교회 처소 주소서
캄보디아 롱키지역.

*캄보디아 선교지에서.

헌신의 향유

옥합을 깨트리고
불모지 땅 몽매한 나라
지구상 간신히 붙어 있는
후미진 곳에
어떻게 알고 찾아오셨을까

복음의 씨앗
창파에 배 띄워
밤낮으로
날쌘 밤이 얼마런가

비바람 온다 해도
세찬 파도 헤쳐 오며
고기밥이 된다 한들
주님 사랑 일구리

뱃멀미 타국땅
어둠에 짓눌린 빈곤 속
각종 질병 가난

연약한 천사들이

저들을 위해
육체가 한 개라서
만 개라도 아끼지 않으리
휘청대는 목숨 바람이 되어

장벽 넘어 모래 위에 반석
천 개의 날개 이 땅을 피웠네.

*양화진 선교사님 묘지에서.

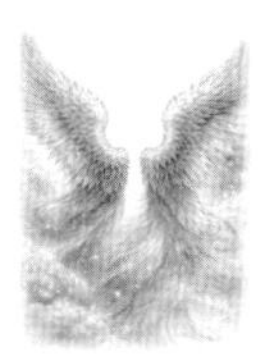

양화진 꽃향기

주님,
저들 삶 발자취
살 수 없을까
당신이 하늘에서
내리는 빗물처럼

나도
이 땅 꽃밭에
뒤엉킨 잡초들
옥토밭 만들며
자양분 물 주는 삶
살아낼 수 없을까

따스한 사랑
돌아가는 그날까지
한 점 부끄럼 없게
살 수 있을까요

변개치 말며
청순하고 정결한
천상의 날개
헌신의 감동 감격
그만 눈물이 납니다.

시설 정신요양원 사역

장맛비 주룩주룩
성령의 비 흘러내려라
삶의 무게여
일구어가는 나이

웃음 잃은 얼굴
바라보는 눈동자
그중에도 집중하는
어르신 신나게
손뼉 치며 찬양 부른다

두 손 모아 모아
드리는 예배
주님 손길 임하소서
성령 하나님이시여

어떡하면
주님 만날 수 있도록
연결고리 간절한 복된 소식 전할까

말씀 등불 구원의 길
주님의 피 묻은 손
닿도록 완치시켜 주소서

정신줄 낙망
모인 식구들 하나같이
희망의 찬가
하늘 가는 밝은 길로 걷게 이끄시고
힘주소서…

도사리는 어둠세계
나사로 예수 이름으로 명한다
떠나갈지어다 떠난다
희망의 징검다리로 돌아올 것이다.

장애자의 날

누구나 태어날 때
초원 위에 어머님 산고통
하나님의 축복
아침해 반짝인다

무지개 서산에 띄우자
할 수 있다
똑바로 시동 걸자
내일을 향해

멀쩡하다고
오만하지 마라
우리는 못한다고
머무르지 않는다

내일 내일은 모르리
오늘도 열심히 달리고 달린다
할 수 있다 하면 된다

거짓 없는 대자연 앞에 순응하듯이
한번 왔다 가는 여정

가치 있는 존재
아름다운 세상 만들자
찬양하며 "헬렌 켈러"처럼

난 못해 헛된 시간
흘려보내지 않으리
힘 주시며
생명 주시는 주님
지구상 모두 다 한가족
사회공동체 협력하면서

도움받는 것보다
도움을 주는 삶
주는 가치 공헌하며
남겨주는 정情 만들어
무한 우주 공간

가는 곳곳마다
영롱한 별 수놓을 것이다
승리의 면류관
의의 면류관 창공을 밝히자.

영생의 길

우리 삶 속에는
선택 자유의지
두 갈림길이 있다

"나는 곧 길이요 진리요
생명이신 예수"
주님 은혜의 선물받은 자

나의 가는 길
예수님과 길동무하며 갈 수 있는 길

한 길은 멸망 길 있네
다른 한 길은 생명 영생의 길
주님 영광의 나라
꽃 피우며 즐거워한다네.

제6부

고사성어, 한시

겸양지덕 謙讓之德

입술보다
행함을 앞세우게 하소서.

Rather than lips
Let your deeds be put before you.

표리부동 表裏不同

겉과 속이 다르면
주님 자녀 아닙니다
신령과 진정으로 사는 삶
참 자녀입니다.

If the outside and the inside are different
I'm not a child of the Lord
with a spirit and a true soul
They are the true children of life.

낙불사촉 落不思燭

편안함이 은혜인 줄만 알고
무릎을 접을 때가
얼마나 많았습니까

광야는 낯설고
십자가는 무거워
뒤돌아보고 싶지 않았습니다

젖과 꿀이 흐르는 자리
처음사랑 잃지 않게 하소서.

만극필반萬極必反

힘과 욕심 끝에서
당신 앞에서
겸손히 무릎을 꿇고
편안을 배우게 하네.

At the end of one's energy and greed
in front of you
on one's knees with humility
It makes me learn comfort.

심사숙고 深思熟考

멈춤은
두려움이 아니라
주님의 뜻을 알고
가는 길이 가장
분명한 길이다.

The pause is
It's not fear
knowing the Lord's will
The way to go is
It's a clear path.

이관규천 以管窺天

난 우물 안 개구리
이곳이 전체인 줄 알았네

교만을 용서하시고
넓은 마음 낮은 자세

당신에 영양으로
세상지킴이 당신을 향한
그리움에 두 손을 모읍니다.

절차탁마 切磋琢磨

성령의 검
맘 안에서
나는 깎이고
빛을 내리라.

With the sword of the Spirit
within my heart
I will be refined and
shed His light.

금슬상화 琴瑟相和

멀리 있었던 마음
한마음 되도록
간절하게 찾으셨네

내 숨소리
찬송과 기도

택하신 자녀
당신 손 안에서 꽃피웁니다.

양금택목 良禽擇木

좋은 나무
새들에게 쉼터를 제공하고

사람의 덕행은
폭풍이 와도 흔들림이 없다

사람의 길
형통함보다
의로움 택하게 하시니
주 안에 거하는 자
그 생애가 아름답다.

설중송탄 雪中送炭

寒雪漫天降 (한설만천강)
聖靈火不滅 (성령화불멸)
主賜信念光 (주사신념광)
苦難越熾昌 (고난월치창)

차가운 눈 하늘에서 가득 내려도
성령의 불은 꺼지지 않네
주께서 주신 믿음의 빛
고난 속에서도 더욱 밝게 타오르네.

도탄지고 塗炭之苦

身陷冥塗又火炭 (신함명도우화탄)
一心喊主救遭難 (일심함주구조난)
至尊伸手垂憐出 (지존신수수연출)
脫却塵埃上慶欄 (탈각진애상경란)

눈귀 어두워 진흙과 불길 속에 빠졌어도
일편단심 주를 불러 고난을 청하네
지존께서 손 뻗어 긍휼히 여기시고
팔 벌려 구원했네
무거워진 고통 벗고 기쁨의 반석 위에 서도다.

앙천무괴 仰天無愧

仰面對靑天 (앙면대청천)
中心無隱微 (중심무은미)
心淸如皎日 (심청여교일)
祈禱發花輝 (기도발화휘)

고개를 들어 하늘을 마주하니
마음속에 숨김도 한 점 부끄럼 없네
내 마음 맑은 해처럼 맑아지니
간절한 기도는 꽃으로 피어 빛나네.

무용지물 無用之物

執持諸貪欲 (집지제탐욕)
悉放禱告前 (실방도고전)
能棄方爲用 (능기방위용)
主手使之然 (주수사지연)

손에 꼭 쥐고만 있던 모든 탐욕들을
기도하는 마음 앞에 내려놓으니
버릴 줄을 알 때 비로소 쓰임이 생겨
주님의 손길이 그렇게 이끄시도다.

신념불발_{信念不拔}

赤身黑雲來 (적신흑운래)
心根自固持 (심근자고지)
疑濤雖過目 (의도수과목)
信仰勝成時 (신앙승성시)

어둠의 구름이 몰려온다 해도
마음의 뿌리는 스스로 굳건히 지키고 있네
의심의 파도가 비록 눈앞을 스쳐 지나가나
신앙의 승리를 이루는 때에 뿌리는 더욱 깊어지리.

천리만량 天里萬兩

千萬豐饒物 (천만풍요물)
金銀寶貨珍 (금은보화진)
主恩架上愛 (주은가상애)
何處可比倫 (하처가비륜)

천만 가지 풍요로운 만물과
금과 은, 보화가 아무리 귀한들
십자가 위에서 베푸신 주의 사랑을
그 어느 곳에 비길 수 있으리까.

미불유초靡不有初

靡不有其初 (미불유기초)
鮮克有終恩 (선극유종은)
願持初心在 (원지초심재)
今日亦不失 (금일역불실)

누구나 시작은 없는 법이 없으나
끝까지 은혜를 지키는 이는 드무네
주님께 드린 첫 마음 간직하여
오늘도 결코 잃지 않게 하소서.

우문현답 愚問賢答

癡問暗中迷 (치문암중미)
主光照悟道 (주광조오도)
失路詰難時 (실로힐난시)
眞理印足履 (진리인족리)

어리석은 물음은 어둠 속 헤매나
주님의 빛 깨달음
길을 비추어 주시네
길 잃고 따져 묻는 그 순간
진리는 발자취를 남겨 두셨도다.

설강지일 雪降之日

灰天無語降如仙 (회천무어강여선)
細念柔步意綿綿 (세념유보의면면)
化花化香安萬世 (화화화향안만세)
億光之照耀心田 (억광지조요심전)
積愛漸深栽望種 (적애점심재망종)
連書難計感電流 (연서난계감전류)
雪上足跡留眞意 (설상족적유진의)
一瓣純情照大天 (일판순정조대천)

잿빛 하늘 말없이 천사처럼 내려와
고운 마음 사브작사브작 사연도 끝없어라
꽃이 되고 향기 되어 만세토록 평온하니
억만 광년의 빛으로 마음 밭을 비추네
쌓여가는 사랑 위에 희망 씨앗 심어두고
헤아릴 길 없는 연서에 감전된 듯 전류 흐르네
눈 위에 뚜벅뚜벅 참뜻을 새겨 놓으니
한 조각 순정이 온 하늘을 밝히는구나.

부화뇌동 附和雷同

附和雷聲震 (부화뇌성진)
勿使心無主 (물사심무주)
眞音敲良心 (진음고양심)
細語獨求眞 (세어독구진)
寧脫群盲衆 (영탈군맹중)
唯立聖言前 (유립성언전)
冥心思妙理 (명심사묘리)
不惑世間喧 (불혹세간훤)

우레 소리 드높아 모두가 따라갈 제
주관 없는 마음으로 발걸음 옮기지 않게 하소서
진리의 소리는 고요히 양심을 두드리고
세미한 음성은 홀로 참됨을 찾게 하네
세속 눈먼 무리에서 벗어날지언정
깊은 마음으로 오묘한 이치를 생각하니
오직 거룩한 말씀 앞에 홀로 서리라
세상의 시끄러운 소리에 미혹되지 않으리.